Les flamants bleus

JEAN-PIERRE MARTINEZ

Les flamants bleus

La Comédiathèque
comediatheque.net

Distribution

Fanny et Romain : l'hôtelière et son mari
Sara et Paco : la réceptionniste et son cousin
Folco et Marius : le gardian et son fils
Patrick et Christelle : les touristes populos
Victor et Diane : les touristes aristos
Sam et Fred : les touristes écolos

© La Comédiathèque
ISBN 978-2-37705-909-6

Acte 1

Scène 1

Un comptoir de bar, faisant aussi office de réception, ouvert sur une terrasse avec une ou deux tables, des chaises et des transats. Au-dessus du bar un panneau en bois avec le nom de l'établissement : Les Flamants Roses. La terrasse donne elle-même sur une piscine qu'on imaginera du côté de la salle. Au-delà de la piscine, en perspective, des étangs peuplés entre autres de flamants roses. Fanny arrive, un tablier autour de la taille, et l'air épuisée. Elle se laisse tomber sur une chaise et soupire. Romain arrive à son tour, en salopette et un chapeau de paille sur la tête, exténué lui aussi.

Romain – Il fait une chaleur...

Fanny – Et on n'est qu'en début de saison.

Romain – Qu'est-ce que ce sera au mois d'août...

Un temps.

Fanny – En même temps, si on a chaud, c'est parce qu'on n'arrête pas.

Romain – C'est sûr...

Fanny – On aurait moins chaud allongés sur un transat au bord de la piscine avec un verre de rosé bien frais à la main.

Romain – Ce n'est pas cet été, quand l'hôtel sera complet, qu'on aura le temps de faire ça.

Fanny – Et si on piquait une tête maintenant ?

Romain – Je viens de vérifier, l'eau de la piscine est à 14 degrés. On risquerait l'hydrocution.

Il s'effondre sur une chaise à côté d'elle.

Fanny – Et dire qu'on a quitté notre boulot de fonctionnaire pour être nos propres patrons...

Romain – Et avoir une piscine.

Fanny – Quand l'eau sera à 25, on aura juste le droit de regarder nos clients se baigner en faisant le service au bar.

Romain – Nos propres patrons, tu parles... On se tape tout le boulot, et on n'a même pas réussi à trouver quelqu'un pour nous aider.

Fanny – Les nouveaux hôteliers sont les esclaves des temps modernes.

Romain – Tu regrettes ?

Fanny – Pas une seule seconde. Tant qu'on rame tous les deux dans la même galère. Et dans la même direction...

Ils ont un geste tendre.

Romain – Et si on se le prenait quand même ce petit rosé bien frais ?

Fanny – On ne risque pas l'hydrocution...?

Romain – Il faut vivre dangereusement.

Il se lève, va derrière le bar, et sert deux verres de rosé.

Fanny – À propos de la piscine, tu as mis le robot ?

Romain – Oui... Je l'ai appelé R2D2...

Fanny – Qui ça ?

Romain – Le robot. Je trouve plus sympathique de lui donner un nom. Après tout, c'est notre seul employé...

Fanny – Lui au moins il a le droit de se baigner...

Romain revient avec les deux verres.

Romain – Si seulement on pouvait avoir des robots pour tout le reste, ce serait le paradis.

Il donne un verre à Fanny. Ils trinquent.

Fanny – À la tienne, Étienne...

Romain – Moi, c'est Romain.

Fanny – Enchantée. Moi c'est Fanny. Vous venez souvent en vacances ici ?

Romain – Tous les ans. C'est un petit hôtel que j'ai déniché sur le site Surbooking point barre. C'est vrai que les patrons ont l'air un peu barrés et passablement surbookés, mais ils sont plutôt sympas. Tiens, je vais leur mettre cinq étoiles...

Romain pianote sur son portable.

Fanny – Toujours pas de réponse à notre annonce pour une réceptionniste polyvalente ?

Romain – Aucune.

Fanny – C'est dingue... On propose quand même un bon salaire...

Romain – En tout cas, ce serait la seule de nous trois à avoir un salaire.

Fanny – Je me demande si ce n'est pas la formule réceptionniste polyvalente qui les effraie...

Romain – Surtout qu'on a précisé qu'elle devait parler anglais, qu'une troisième langue serait un plus, et qu'elle devait avoir une présentation impeccable.

Fanny – Tu as raison, on aurait dû mettre bonne à tout faire trilingue avec un physique de top model, ç'aurait été plus clair.

Romain – On propose quand même plus que le salaire minimum, et elle sera logée et nourrie...

Ils finissent leurs verres.

Fanny – Il n'est pas mauvais, ce rosé.

Romain – Et pas très cher. C'est un petit producteur du coin.

Fanny – Un peu râpeux, peut-être, mais bien frais, ça passe très bien.

Romain – Il faut le boire avec beaucoup de glaçons, c'est sûr... Je t'en ressers un verre.

Fanny – Ce ne serait pas raisonnable. Nos premiers clients arrivent demain. J'ai fini le ménage, mais il me reste tous les lits à faire avant ce soir.

Romain – Comme on fait son lit on se couche.

Fanny – Ouais. Ben là j'ai compté, ce serait plutôt comme on fait trente-deux lits, on se couche.

Scène 2

Arrive Sara, habillée de façon assez vulgaire et d'allure générale plutôt négligée.

Sara – C'est vous, les Flamants Roses ?

Romain – Oui, enfin... c'est le nom de notre hôtel, en effet.

Sara jette un regard un peu suspicieux sur les lieux.

Fanny – Ne me dites pas que c'est pour l'inspection sanitaire, ils sont déjà passés hier.

Sara – Je viens pour l'annonce.

Romain – Ah, d'accord... Excusez-nous, on ne s'attendait pas à...

Fanny – Justement, on était en train de parler de...

Romain – Du profil du poste.

Sara – Mais vous cherchez toujours quelqu'un ?

Fanny – Oui, enfin... Ça dépend... Vous avez déjà fait ça ?

Sara – Ça ne doit pas être bien compliqué... Qu'est-ce qu'il faut faire, au juste ?

Romain – Eh bien... Répondre au téléphone, déjà. Et recevoir les clients quand ils arrivent. On a une clientèle très internationale, vous savez...

Fanny – C'est un hôtel trois étoiles.

Romain – Vous parlez un peu anglais ?

Sara – Anglais ?

Fanny – Italien, peut-être ?

Sara – Je parle un peu espagnol.

Romain – Ah, oui, c'est...

Fanny – Mais on n'a pas beaucoup d'Espagnols, par ici.

Sara – Et sinon, c'est payé combien ?

Romain – Mille cinq cent euros. Net...

Fanny – Logée, nourrie...

Sara – Bon, ça ira... Pour commencer... Je peux voir ma chambre ?

Romain – Euh... Oui, nous avons un petit bungalow pour loger un employé...

Fanny – C'est la porte bleue, juste après la piscine, mais...

Sara – J'ai laissé ma valise dans la voiture, mais ne vous dérangez pas, je vais me débrouiller. Il y a des roulettes...

Fanny – Bon...

Sara s'apprête à partir, mais se retourne une dernière fois.

Sara – Le petit-déjeuner, c'est à quelle heure ?

Romain – Ne vous inquiétez pas, les premiers clients n'arrivent que demain après-midi.

Sara – Ah, non, je voulais dire... pour moi.

Fanny – Pour vous ?

Sara – Vous avez bien dit que c'était logée et nourrie, non ?

Romain – On va dire sept heures, alors.

Sara – Sept heures ? C'est que je ne suis pas trop du matin, moi...

Fanny – Sept et demie, ça vous irait ?

Sara – OK... Mais il va falloir que je mette le réveil...

Ils la regardent s'éloigner. Silence.

Romain – C'était vraiment un entretien d'embauche...?

Fanny – Ça ressemblait plutôt à un check-in, non ?

Romain – Ou à un braquage...

Fanny – Je vais aller voir ce qu'elle fait...

Elle se lève.

Noir.

Acte 2

Scène 1

Sara est assise derrière le comptoir, son portable à l'oreille.

Sara – Eh ben écoute, moi, ça va... J'ai trouvé un petit boulot dans un hôtel... C'est plutôt cool... Les patrons sont complètement stressés, je ne sais vraiment pas pourquoi. C'est leur première saison, mais bon... Moi non plus je n'ai jamais fait ça ! Il faut rester zen, quoi... *(Le téléphone fixe à l'ancienne posé sur le comptoir se met à sonner)* Il faut que je te laisse, j'ai un double appel... J'espère que ce n'est pas un Anglais...

Elle range son portable et regarde le téléphone fixe avec curiosité.

Sara – Comment ça marche, ce truc...? *(Elle décroche maladroitement le combiné)* Ouais...? Oui, oui, vous êtes bien à l'hôtel... *(Elle regarde le panneau au-dessus de sa tête)* Les Flamants Roses, c'est ça... Oui... Oui... *(Elle regarde sur le registre des réservations)* Monsieur et Madame Martin, parfaitement... Pour une semaine en chambre double... Une annulation ? Et pourquoi ça ? Un décès dans la famille ? Ben voyons... Et qui est-ce qui est mort ? Votre mari ? Ce n'est pas une blague, au moins...? Bon... Non, ben qu'est-ce que vous voulez que je vous dise... Je suis bien obligée de vous croire... Non, je ne remets pas votre parole en doute, mais... Non, je ne vais pas vous demander le certificat de décès non plus... Bon, ben mes condoléances, alors... Et bonnes vacances quand même… *(Elle raccroche le combiné)* Un décès dans la famille, tu parles... On connaît le coup... *(Elle raye le nom sur le registre)* Après tout, bon débarras... Ça nous fera moins de boulot... J'ai une de ces soifs, moi...

Elle ouvre le frigo derrière le comptoir et en sort une canette, qu'elle décapsule et qu'elle commence à boire.

Scène 2

Fanny arrive, en salopette, un balai dans une main et un seau dans l'autre.

Fanny – Tout va bien, Sara, ce n'est pas trop dur ?

Sara – Ça va...

Fanny *(ironique)* – Si vous avez soif, n'hésitez pas à vous servir dans le frigo.

Sara – Oui merci, c'est déjà fait...

Fanny – Des nouvelles réservations ?

Sara – Non, malheureusement... Ah, en revanche, j'ai eu ma première annulation.

Fanny – Non ?

Sara – Monsieur et Madame Martin.

Fanny – Ils devaient arriver aujourd'hui !

Sara – Ouais, ben ils n'arrivent plus. Madame Martin enterre son mari demain.

Fanny – Son mari est mort ?

Sara – Je suppose, oui... À moins qu'elle ait l'intention de l'enterrer vivant...

Fanny – C'est affreux.

Sara – En même temps, on ne le connaissait pas personnellement.

Fanny – Je parle de cette annulation ! Ils avaient réservé pour une semaine... Ça commence bien...

Sara – Oh, vous savez ce qu'on dit ?

Fanny – Non, on dit quoi ?

Sara – Un de perdu, dix de retrouvés.

Fanny – Je suis contente de voir que vous prenez ça avec philosophie... Vous m'excuserez, je retourne faire mon ménage...

Fanny s'apprête à partir.

Sara – Ça va être de ma faute, maintenant... Je n'y suis pour rien, moi...

Le téléphone fixe sonne à nouveau. Fanny se ravise. Sara ne réagit pas.

Fanny – Ben répondez !

Sara – Ouais, ça va... Il n'y a pas le feu ! *(Elle décroche)* Les Flamants Roses, j'écoute... Pardon ? Vous pouvez articuler, s'il vous plaît ? Non, désolée, je ne parle pas un mot d'anglais... Vous appelez de Shanghai...? Oui... Oui... Non... Et pourquoi ça ? Vous pouvez répéter...? Bon... D'accord... OK, c'est bien noté... Écoutez, je ne comprends rien à ce que vous me dites... C'est ça, moi aussi je suis très déçue... Bon, je vais raccrocher, là, parce que la liaison est très mauvaises Bonjour chez vous... *(Elle raccroche)* C'est incroyable, ces gens qui viennent faire du tourisme en France et qui ne font même pas l'effort de parler correctement le français...

Fanny – C'était qui ?

Sara – Une dame chinoise, d'une agence de tourisme de Shanghai. Ils avaient réservé cinq chambres pour un groupe de quinze...

Fanny – Et alors ?

Sara – Ils annulent eux aussi.

Fanny – Et pourquoi ça ?

Sara – Elle m'a dit qu'ils avaient peur des manifestations à Paris.

Fanny – Les manifestations ? Quelles manifestations ?

Sara – Je ne sais pas... Elle a dit les manifestations... Ils ont vu des images à la télévision chinoise... Des casseurs qui s'en prenaient à des magasins de luxe sur les Champs-Élysées, et qui repartait avec des sacs Vuitton sous le bras.

Fanny – Les Champs-Élysées...? On est à mille kilomètres de l'Arc de Triomphe !

Sara – Oui, mais ils devaient atterrir à Paris pour faire un peu de shopping avant de venir dans le sud. Du coup ils renoncent à leur voyage en France, et ils vont à Dubaï à la place... Il paraît qu'il y a les mêmes magasins qu'à Paris et que c'est moins cher.

Fanny jette un regard au registre, et semble effondrée.

Fanny – Presque toutes nos réservations sont annulées ! Vous vous rendez compte ?

Sara – Ah oui, ce n'est pas de bol pour vous...

Fanny prend la mouche.

Fanny – Pour nous ? Parce que vous pensez peut-être qu'on va vous payer à rien faire si l'hôtel est vide ? Vous pouvez aller faire vos bagages... De toute façon, vous n'aviez pas le profil du poste...

Sara – Si maintenant, il faut avoir bac plus cinq pour répondre au téléphone dans un petit hôtel comme le vôtre.

Fanny – Allez, disparaissez.

Sara – Vous verrez, vous allez me regretter...

Sara s'en va.

Scène 3

Romain arrive.

Romain – Qu'est-ce qui se passe ?

Fanny – Tu as entendu parler d'une grève, toi ?

Romain – Non... On bosse jour et nuit depuis une semaine, on n'a même pas eu le temps d'écouter les informations... Il y a une grève ?

Fanny – Les Chinois... Ils ont annulé...

Romain – Non...?

Fanny – Cinq chambres d'un coup. Sans parler de Madame Martin. Elle vient de téléphoner pour annuler aussi...

Romain – À cause des grèves ? Je croyais qu'elle venait de Tarascon...

Fanny – À cause de son mari ! Il a eu la bonne idée de mourir la veille de leur départ en vacances.

Romain regarde du côté du comptoir.

Romain – Et la réceptionniste, elle est où ?

Fanny – Disons que j'ai mis fin à sa période d'essai... On ne va pas embaucher du personnel si l'hôtel est vide.

Romain – Je mets la radio... J'espère qu'ils ne sont pas en grève eux aussi...

Fanny – Ne t'inquiète pas pour ça, même en cas de grève ils continuent à diffuser les mauvaises nouvelles.

Romain – C'est ce qu'on appelle le service minimum...

Il va derrière le bar et tourne un bouton.

Speaker *(off)* – En raison d'un mouvement social affectant tous les personnels de Radio France, votre journal habituel est remplacé par un flash spécial d'information. La nouvelle Présidente de la République fraîchement élue a pris tout le monde de court il y a une semaine en annonçant un projet de loi destiné à repousser l'âge légal de la retraite à 74 ans. Tous les syndicats ont immédiatement appelé à une grève générale pour obtenir l'abandon de ce projet. Les avions sont cloués au sol à Roissy comme à Orly. Les trains et les métros ne circulent plus dans la capitale. Et l'essence commence à manquer à la pompe, surtout sur le pourtour méditerranéen...

Romain éteint la radio.

Fanny – C'est un cauchemar.

Romain – Six annulations d'un coup...

Fanny – Et les grèves, c'est comme le Mistral.

Romain – Ça vient du nord...

Fanny – Et surtout... on sait quand ça commence, on ne sait jamais combien de jours ça va durer...

Le téléphone sonne. Romain répond.

Romain – Hôtel Les Flamants Roses à votre service... Oui... Oui... Bon... Non, bien sûr... Non, non, ne vous excusez pas... Je comprends, évidemment... C'est ça... À une autre fois peut-être... *(Il raccroche)* Et une septième annulation...

Fanny – J'ai bien peur que ce ne soit pas fini.

Romain – Ils ont bien choisi leur moment pour faire grève. Juste à la veille des vacances. Ils auraient pu attendre que les gens soient déjà arrivés sur place...

Fanny – La retraite à 74 ans, c'est dingue...

Romain – Si les gens meurent avant l'âge de la retraite, c'est la mort de l'hôtellerie de vacances. Les trois quarts de notre clientèle sont des retraités.

Fanny – Heureusement que nos clients sont déjà à la retraite.

Romain – Ouais, mais ils ne seront pas éternels...

Fanny – S'il n'y a personne pour les remplacer avant l'âge de 74 ans, c'est sûr qu'on ne va pas faire de grosses affaires...

Romain – Ce n'est pas un hôtel qu'on aurait dû ouvrir, c'est une maison de retraite médicalisée...

Le téléphone sonne à nouveau. Ils se regardent.

Fanny – Réponds, moi je ne peux pas...

Romain décroche.

Romain – Hôtel Les Flamants Roses à votre écoute...

Fanny – Coûte que coûte...

Romain – Oui...? Ah, oui bonjour, comment allez-vous ? Oui, nous avons bien noté ce petit problème, mais c'est tout à fait passager, je vous assure... Oui, bien sûr, on va s'en occuper immédiatement... C'est ça... Merci pour votre compréhension... Bonne journée à vous...

Il raccroche.

Fanny – Encore une annulation ?

Romain – La banque... Pour le découvert...

Fanny – Et nous qui comptions sur ces premières réservations pour combler le déficit...

Ils s'effondrent chacun sur une chaise, complètement déprimés.

Romain – On aurait mieux fait de garder notre petit boulot peinard à la Préfecture de Valence... plutôt que de se lancer dans l'hôtellerie en espérant faire fortune...

Fanny – Faire fortune, peut-être pas, mais au moins être indépendants...

Romain – On a engouffré toutes nos économies dans ce projet.

Fanny – Sans parler du crédit...

Romain – On ne peut pas se permettre de rater le début de la saison... Ici, on fait plus de la moitié du chiffre d'affaires de l'année sur trois mois.

Scène 4

Sara passe en tirant sa valise à roulettes.

Sara – J'ai laissé les clefs sur la porte...

Elle s'apprête à partir.

Fanny – Attendez une seconde, ne partez pas comme ça... Je suis désolée de m'être emportée tout à l'heure. Si on pouvait vous garder, je vous assure qu'on le ferait. Mais tous nos clients viennent d'annuler leurs réservations.

Romain – Et on est dans le rouge à la banque.

Sara – Ne vous inquiétez pas, je comprends... Je suis interdite bancaire depuis trois ans...

Fanny – Asseyez-vous deux minutes avec nous, on va boire un verre... Au point où on en est... Un petit rosé ?

Sara – OK.

Sara s'assied, pendant que Romain fait le service.

Romain – Vous faisiez quoi avant d'embrasser la carrière de réceptionniste polyvalente trilingue ?

Sara – J'étais voyante.

Fanny – Ah oui...? Remarquez, par les temps qui courent, ça pourrait nous intéresser aussi...

Romain – C'est sûr que... ce qui nous tombe dessus, on ne l'avait pas vu venir.

Sara trempe ses lèvres dans le rosé que Romain vient de lui servir, et fait la grimace.

Sara – Après m'avoir licenciée, vous essayez de m'empoisonner, c'est ça ?

Romain – C'est pour ne pas avoir à vous payer d'indemnités de licenciement.

Fanny boit aussi une gorgée.

Fanny – Oui, je crois qu'on n'en reprendra pas.

Sara – Je vous donnerai une adresse, si vous voulez. Un petit vin des sables tombé du camion.

Romain – J'espère que les bouteilles ne se sont pas cassées en tombant du camion.

Fanny – Et notre avenir, vous le voyez comment ?

Romain – En rose, comme celui des flamants ?

Fanny – Ou en noir, comme celui de Madame Martin ?

Sara – Faites-moi voir votre main...

Fanny lui tend la main, sans conviction, et Sara observe sa paume attentivement.

Romain – Alors ?

Sara relève la tête.

Sara – Je vois de nouveaux clients arriver aujourd'hui...

Fanny – Et vous voyez ça dans les lignes de ma main ?

Sara – Oui... Et aussi sur le parking. Il y a une voiture qui vient de se garer...

Fanny et Romain jettent un regard du côté du parking.

Romain – Ah oui... Pourtant on n'attend plus personne.

Scène 5

Arrive Patrick, avec la panoplie complète du touriste un peu populo, et notamment un tee-shirt à l'effigie de Johnny Halliday. Il est suivi par Christelle, sa femme, de même allure très populaire voire plutôt vulgaire. Patrick tient une carte routière à la main.

Patrick – Messieurs-dames, pardon de vous déranger à l'heure de l'apéro...

Christelle – On peut vous poser une petite question ?

Fanny – Mais je vous en prie...

Patrick – Vous savez où on est ?

Sara – Évidemment qu'on sait où on est. On habite là !

Romain – Vous êtes aux Saintes Maries de la Mer, cher Monsieur...

Patrick – Tu vois bien, Christelle. J'avais raison ! On est bien à Sainte-Marie la Mer. J'ai vu le panneau en arrivant. Je sais lire quand même !

Christelle – Tu es têtu, hein ! Les Saintes Maries de la Mer, pas Sainte Marie la Mer ! Je te dis que tu n'as pas rentré la bonne adresse sur le GPS.

Patrick – Saintes Maries de la Mer, Sainte-Marie la Mer... C'est pareil, non ?

Fanny – Pas tout à fait, je le crains. Les Saintes Maries de la Mer sont dans les Bouches-du-Rhône, et Sainte-Marie la Mer dans les Pyrénées-Orientales.

Christelle – Tu vois bien, Patrick ! Tu veux toujours avoir raison !

Romain – Vous permettez... *(Il prend la carte de Patrick, la pose sur la table, et montre les Saintes Maries de la Mer.)* Voilà, nous sommes ici. Et Sainte-Marie la Mer, c'est là...

Patrick et Christelle regardent la carte.

Patrick – Ici ?

Fanny – En Camargue.

Patrick – Mais qu'est-ce qu'on fout en Camargue ? Ce n'est pas sur notre route.

Sara – Ça dépend, vous allez où ?

Christelle – On essayait d'aller en Espagne.

Romain – Ah, dans ce cas, les Saintes Maries de la Mer, ce n'est pas du tout sur votre route.

Sara – D'ailleurs, les Saintes Maries de la Mer, c'est sur la route de nulle part. Personne n'arrive ici par hasard...

Christelle – Eh ben tu vois, Patrick, tu seras le premier. Ah on peut dire que tu es vraiment le roi.

Patrick – Alors on est pas sur la route de l'Espagne...?

Christelle – On est dans un cul de sac, on te dit ! Sainte-Marie la Mer, oui, c'est sur la route de l'Espagne.

Patrick – On allait rejoindre des amis sur la Costa Brava. On avait prévu de faire étape aux Saintes Maries de la Mer.

Romain – Vous voulez dire à Sainte-Marie la Mer, j'imagine...

Christelle – On avait réservé dans un petit hôtel. Les Flamants Roses, justement.

Fanny – C'est vrai qu'il y a aussi des flamants roses par là-bas. Et apparemment, il y a aussi un hôtel qui s'appelle comme ça.

Patrick – Je me suis fié à mon GPS, moi. Et j'ai suivi les panneaux...

Christelle – Et juste après le panneau Saintes Maries de la Mer, on est tombés en panne sèche.

Patrick – C'est qu'il n'y a pas beaucoup de stations, dans le coin, et toutes celles qu'on a vues, elles n'avaient plus de diesel !

Christelle – Qu'est-ce qu'on va faire, maintenant ?

Patrick – On va bien finir par trouver du gasoil. On aura juste fait un petit détour, c'est tout...

Christelle – Tu appelles ça un petit détour, toi ? Tu ne manques pas d'air...

Sara – Je peux voir votre main ?

Christelle, un peu surprise, lui tend sa main. Sara examine les lignes de sa paume.

Christelle – Et alors ?

Sara – N'allez surtout pas en Espagne, croyez-moi.

Patrick – Et pourquoi qu'on n'irait pas en Espagne ?

Sara examine à nouveau la paume de Christelle.

Sara – Un grand malheur s'abattra sur vous si vous passez la frontière.

Christelle – Vous êtes voyante ?

Romain – Voyante et... réceptionniste.

Fanny – Mais croyez-moi, elle est meilleure voyante que réceptionniste.

Sara – Je vois... des cornes.

Patrick – Des cornes ? Ce n'est pas moi qui les porte, j'espère...

Sara – Je vois votre mari, embroché par un taureau.

Christelle – Ici aussi, il y a des taureaux. On en a vu plein sur le bord de la route.

Patrick – À un moment, j'ai même cru qu'on était déjà en Espagne.

Sara – Oui, mais ce taureau-là est espagnol, il n'y a aucun doute là dessus.

Christelle – À quoi vous voyez ça ?

Sara – Le taureau espagnol est beaucoup plus gros... et beaucoup plus vicieux . Votre mari n'est pas toréador ?

Christelle – Toréador, mon Patrick ? Il a déjà du mal à tuer un moustique dans une chambre, alors un taureau dans une arène...

Sara lâche la main de Christelle.

Sara – Quoi qu'il en soit, je vous déconseille d'aller en Espagne. Ce serait votre dernier voyage ensemble...

Christelle – On ne risque pas de bouger d'ici pour l'instant. Si toutes les stations sont à sec.

Patrick – On n'a plus qu'à dormir dans ce trou.

Christelle – C'est vrai que c'est le far-west, ici, non ?

Fanny – Vous ne croyez pas si bien dire... D'ailleurs on y a tourné beaucoup de westerns... La Camargue est une terre de cinéma. C'est une fiction inventée par quelques hommes de conviction, qui est devenue une réalité parce que tous les Camarguais ont voulu y croire. La Camargue, c'est d'abord une histoire de foi...

Blanc.

Sara – Vous saviez que Johnny Halliday avait tourné un film ici ?

Patrick – Non...

Fanny – D'où viens-tu Johnny ?

Patrick – Moi, c'est Patrick. Et je viens de Montreuil, dans le 9-3.

Fanny – D'où viens-tu Johnny ? c'est le titre du film. Mais vous connaissez forcément la chanson.

Patrick – Quelle chanson ?

Romain – Pour moi la vie va commencer. *(Chantant)* Pour moi la vie va commencer...

On peut avoir à ce moment-là un petit intermède musical avec la chanson de Johnny, soit en bande son, soit en play back, soit en live accompagnée d'une petite chorégraphie.

Christelle – Ah oui... C'est une de tes chansons préférées, Patrick...

Fanny – Vous verrez... Pour vous aussi, la vie va commencer en Camargue.

Sara – En tout cas, elle va se terminer prématurément si vous allez sur la Costa Brava...

Patrick et Christelle se regardent, hésitants.

Patrick – Bon... De toute façon, on n'a pas tellement le choix. Il vous reste des chambres ?

Sara – Vous savez, en cette saison, l'hôtel est complet. Mais attendez, je vais vérifier. *(Elle ouvre le registre et regarde)* Ah, vous avez de la chance, la neuf vient de se libérer...

Christelle – On va la prendre pour cette nuit, alors... Et demain il fera jour...

Romain – Je vais vous montrer la chambre...

Romain s'en va avec Patrick et Christelle.

Fanny – Je crois que je vous ai sous-estimée, finalement. Si vous êtes d'accord, je vous garde.

Sara – Comme réceptionniste ou comme voyante ?

Fanny – On a dit réceptionniste polyvalente, non ? Je vais voir ce qu'ils font...

Fanny s'en va.

Scène 6

Sara s'allonge dans une chaise-longue.

Sara – Qu'est-ce qu'ils feraient sans moi...?

Elle ferme les yeux et semble s'assoupir. Victor et Diane arrivent. Ils ont un look vieille France aristocratique et très catholique. Victor tient un jerricane dans chaque main, sa femme porte des valises Vuitton.

Victor – Décidément, ce petit pèlerinage aux Saintes Maries de la Mer tourne au chemin de croix... On a fait douze stations sans trouver d'essence.

Diane – Ne blasphémez pas Victor. Nous sommes juste en panne sèche. Et puis on est en France, tout de même. On n'est pas en plein milieu du Sahara.

Victor – Dans le Sahara, on aurait déjà trouvé du pétrole...

Diane – Remarquez, on n'est peut-être pas dans le désert, mais je ne vois personne...

Victor – L'aubergiste ne doit pas être très loin.

Ils regardent autour d'eux et aperçoivent enfin Sara, assoupie.

Diane – Ah, si, il y a quelqu'un...

Victor – Ça doit être une cliente, comme nous.

Diane – On ne va quand même pas la réveiller...

Victor laisse tomber un de ses jerricanes, et Sara se réveille en sursaut.

Sara – Ah, pardon... Je crois que j'ai piqué un petit roupillon...

Victor – Désolé de vous avoir arrachée aux bras de Morphée, chère Madame. Nous cherchions la réceptionniste.

Sara – La réceptionniste ? C'est moi... Enfin, j'ai commencé ce matin, je me suis fait lourder vers dix heures, et on vient de me réembaucher.

Diane – Nous passons quelques jours dans le Luberon chez des amis qui ont un petit manoir là-bas. Nous en profitions pour faire un pèlerinage à Notre-Dame-de-la-Mer, mais nous sommes les victimes collatérales des jacqueries en cours contre le report de l'âge légal de la retraite.

Victor – Nous qui n'avons jamais travaillé de notre vie, avouez que c'est cocasse, non ?

Diane – Bref, je crains que nous ne soyons contraints de passer la nuit dans ce relais de poste. Est-ce que par miracle, il vous resterait deux chambres ?

Sara – Pourquoi ? Vous faites chambres à part ?

Victor – Non, la deuxième chambre c'est pour notre fille. Elle est là-bas, en train d'admirer les taureaux... D'ailleurs, j'ai l'impression qu'ils sont en chaleur, non ?

Sara – Elle a quel âge, votre fille ?

Diane – Trente-deux ans.

Sara – Deux chambres, alors... Trente-deux ans... C'est vrai qu'elle est un peu grande pour tenir la chandelle... Attendez, je regarde... *(Elle ouvre le registre et fait mine de l'examiner)* Oui, vous avez de la chance, ce sont mes deux dernières...

Victor – Pourtant il n'y a qu'une voiture sur le parking...

Sara – À cette heure-ci, vous savez, tout le monde est en balade. Il y a tellement de choses à faire en Camargue. Plus que dans le Luberon, en tout cas.

Diane – On va en profiter pour se reposer un peu, alors...

Sara leur tend deux clefs.

Sara – Voici vos clefs.

Diane – Merci. Vous venez, Victor ?

Victor – J'arrive.

Diane – Et puis laissez ces jerricanes dans la cour. Vous n'allez pas mettre ça dans la chambre, ça empeste le gasoil...

Ils sortent.

Sara – Ça n'arrête pas, ce matin. Si ça continue, on va refuser du monde...

Sara sort.

Scène 7

Arrivent Sam et Fred, deux femmes d'allure intellos tendance écolos. Elles ont des casques de vélos et des sacs à dos. Sam a un appareil photo autour du cou.

Sam *(regardant du côté du public)* – Oh, regarde ! Des flamants roses !

Fred s'approche.

Fred – C'est dingue... Je n'en avais jamais vus en vrai... Tu es sûre que c'est des flamants roses ?

Sam – Ben, ils sont roses...

Fred – Ah, oui...

Sam – Mais je reconnais aussi une aigrette, une avocette, une bergeronnette grise... et une buse variable.

Fred – Une buse variable ?

Sam – C'est un petit rapace diurne. Je n'en avais encore jamais vue d'aussi grosse.

Fred – Moi non plus... Sauf ma belle-mère, peut-être.

Sam – Ta belle-mère ressemble à une buse variable ?

Fred – Physiquement, non, mais elle n'est pas très futée et elle change souvent d'avis.

Sara revient.

Sam – Ah... À propos de buse, je crois que j'en aperçois un autre spécimen...

Sara – Vous êtes en panne sèche, vous aussi ?

Fred – Nous venons d'Arles, à bicyclette, pour passer quelques jours en Camargue.

Sam – D'ailleurs, même à Paris, nous avons renoncé à la voiture il y a déjà quelques années.

Fred – Qu'il n'y ait plus d'essence dans les stations-service, c'est ce qui pouvait arriver de mieux pour la planète, non ?

Sara – Oh, vous savez, moi, je ne fais pas de politique... Vous avez réservé une chambre ?

Sam – Nous avons pour principe de ne jamais rien réserver à l'avance. On préfère improviser.

Fred – Être toujours là où on ne nous attend pas.

Sara – Dans ce cas, vous êtes au bon endroit. On ne vous attendait absolument pas. Vous voulez quand même une chambre, ou bien...

Sam – Deux chambres, si c'est possible... Et avec une baignoire, si vous avez. Je rêve de prendre un bain depuis trois jours.

Fred – Mais si vous n'avez plus de chambres, ce n'est pas grave. Nous sommes de grandes voyageuses, habituées à survivre dans les conditions les plus précaires.

Sam – L'année dernière, on a fait le Népal, et on a dormi dans une yourte avec des lamas.

Fred – Des lamas, tu crois ? Les lamas, c'était au Pérou, non ?

Sam – Ou des yacks, je ne sais plus. En tout cas, je peux vous dire que ça ne sentait pas la rose.

Fred – Donc si vous n'avez plus de chambre, on peut dormir dans l'écurie avec les chevaux. Ça ne pourra pas être pire.

Sara – Je ne sais pas si les chevaux seraient consentants, mais ce ne sera pas nécessaire. Je vous donne les clefs tout de suite...

Fanny revient et sourit en apercevant les nouveaux arrivants.

Fanny – Bonjour Mesdames, bienvenue aux Flamants Roses.

Sam – Merci.

Sara leur tend deux clefs.

Fred – Si ça ne vous dérange pas, je préférerais éviter la 13.

Sam – Mon amie est un peu superstitieuse...

Fanny – Dans aucun hôtel vous ne trouverez de chambre 13, chère Madame.

Fred regarde sa clef.

Fred – La 9 ! C'est mon chiffre porte bonheur ! Merci !

Sam et Fred sortent.

Fanny – On dirait que les affaires reprennent. Il y a une heure, toutes nos réservations étaient annulées, et maintenant on est presque au complet... Finalement, je me demande si ce ne serait pas vous, notre porte-bonheur...

Sam revient.

Sam – Excusez-moi, j'ai oublié de vous demander. Le petit-déjeuner est servi à quelle heure ?

Fanny – Oh, à l'heure que vous voulez, chère Madame. Vous êtes en vacances, après tout. On ne va pas vous demander de vous lever à...

Sam – Alors je prendrai le mien à six heures. Je suis photographe animalière. Enfin, en amateur. Et le meilleur moment pour prendre des photos c'est au lever du jour. Quand les oiseaux nocturnes sont encore là et que les touristes ne sont pas encore levés...

Sam repart. Sara lance un regard incrédule à Fanny.

Sara – Six heures du matin...?

Fanny – Ne vous inquiétez pas, je m'en occuperai... Je ne dors pas beaucoup en ce moment de toute façon...

Noir

Acte 3

Scène 1

Victor et Diane sont installés chacun dans une chaise longue. Victor lit La Provence. Diane lit Crin Blanc.

Victor – Qu'est-ce que tu lis ?

Diane – Crin Blanc.

Victor – Ah oui ?

Diane – J'ai trouvé ça dans la bibliothèque de l'hôtel.

Victor – C'est bien ?

Diane – C'est l'histoire d'un cheval.

Victor – Je pensais que c'était l'histoire d'un chien.

Diane – Tu confonds avec Croc Blanc.

Victor – Ah oui, peut-être.

Diane – Il paraît que ça fait partie des romans fondateurs de l'identité camarguaise. Je ne sais pas pourquoi, parce que ce n'est pas flatteur pour les gardians...

Victor – Les gardians ?

Diane – C'est comme ça qu'on appelle les cow-boys par ici. En tout cas, c'est une histoire épouvantable.

Victor – Oui, enfin, c'est du folklore, tout ça, non ? Les cow-boys, ça n'existe plus.

Arrive Folco, le père de Fanny, en costume de gardian, et l'air plutôt sévère.

Diane – On dirait bien que si... Celui-là ressemble à Buffalo Bill.

Victor – Bonjour monsieur.

Folco – Chère madame... Monsieur...

Victor – Quel bon vent vous amène, mon brave ? Il y a un spectacle en costume, dans le village ?

Folco semble offusqué par cette familiarité.

Folco – Ce n'est pas le vent qui m'amène ici, Monsieur. J'y suis né. Tout comme ma famille, depuis plus de dix générations.

Victor – Pardon, je n'avais pas compris que nous étions entre gens du même monde.

Folco – Le monde ? Je n'en connais qu'un seul. En revanche, il est peuplé d'une très grande variété d'imbéciles... Y compris celle des imbéciles heureux qui sont nés quelque part, comme dirait Georges Brassens...

Victor se lève pour saluer plus formellement Folco.

Victor – Je me présente, Victor de la Motte de la Taupinière, baron de Coursensac...

Folco serre la main que lui tend Victor.

Folco – Folco du Mas de la Renardière, propriétaire de la manade du même nom. Je suis le père de Fanny, votre hôtesse. Notre famille élève des taureaux de combat et des chevaux camarguais.

Christelle – Monsieur est un authentique manadier, Victor. Les gardians sont les chevaliers des temps modernes, et les manadiers sont en quelques sorte leurs seigneurs.

Folco – Nous prenions déjà en pension quelques chevaux. Hélas nous avons dû récemment prendre aussi en pension quelques touristes...

Diane – Je comprends, nous avons des amis qui possèdent un château dans la Sarthe, et pour le conserver, ils ont dû licencier la bonne et ouvrir des chambres d'hôtes.

Victor – Et maintenant ce sont eux qui servent le petit-déjeuner aux roturiers de passage. Avouez que c'est cocasse...

Cela n'a pas l'air de faire rire le ténébreux Folco.

Diane – Mais dites-moi, ça souffle depuis qu'on est arrivés !

Victor – Oui, un vent à décorner les taureaux.

Diane – C'est infernal, ce vent. Ça ne s'arrête donc jamais ?

Folco – Madame, sachez qu'en Provence, il ne fait pas de vent. Il y a le Mistral, c'est tout à fait différent.

Victor – Oui, enfin... c'est un peu pareil, non ? C'est un vent du Nord, je crois...

Folco – En effet, le Mistral vient du Nord, comme vous. Mais contrairement à vous, il fait partie de la famille. Voilà la différence...

Arrive Fanny.

Fanny – Ah, papa... Tu as fait connaissance avec nos hôtes...

Diane – Oui... Monsieur nous parlait du Mistral.

Fanny – C'est vrai que ça souffle un peu, aujourd'hui. L'avantage, c'est que ça sèche le linge et que ça chasse les nuages. Regardez, le ciel est tout bleu !

Folco – Le Mistral chasse aussi les moustiques. Malheureusement, il ne souffle pas toujours assez fort pour chasser les touristes...

Fanny – Folco est un vrai Camarguais, vous savez. Il a des tas d'histoires à raconter sur la région. Et si vous voulez faire une promenade à cheval, il a une manade juste à côté...

Victor – Ah oui, pourquoi pas... Nous sommes inscrit dans un club d'équitation, et on fait souvent des promenades dans le Bois de Boulogne.

Folco – La Camargue, ce n'est pas le Bois de Boulogne, vous verrez. La faune est très différente. Ici, c'est plutôt des animaux à plumes que des bêtes à poil.

Fanny – Mon père plaisante, bien sûr. Bon, papa, tu me suis, je voulais te montrer la chaudière. Je ne sais pas ce qui se passe, elle fait un drôle de bruit depuis ce matin...

Fanny et Folco sortent.

Diane – Folco... Il porte bien son nom... C'est vrai qu'il est un peu folklo... D'ailleurs, c'est curieux, il porte le même nom que ce pauvre gosse, dans Crin Blanc... et que ce célèbre baron qui aurait inventé la Camargue.

Victor – Comment ça, inventé ? Nous serions dans un pays qui n'existe pas, entourés de personnages de fiction ?

Diane – Certaines fictions, lorsqu'elles sont magnifiques, sont plus vraies que des réalités plus ternes.

Victor – Bientôt vous allez me dire que nous jouons dans une pièce de théâtre...

Ils regardent un peu inquiets du côté des spectateurs, avant de revenir à la « réalité » de la pièce.

Diane – Et toi, ton journal ? Les nouvelles sont bonnes ?

Victor – Si on en croit leurs journaux, ces méridionaux n'arrêtent pas de faire la fête. C'est incroyable. C'est classé par village. Tous les jours, il y a des festivités quelque part...

Diane – On se demande quand ils ont le temps de travailler.

Victor – On devrait lire plus souvent la presse quotidienne régionale, même à Paris. Je t'assure, c'est moins déprimant que *Le Figaro*. Surtout la rubrique nécrologique. Comme on ne connaît personne...

Diane – À propos, je ne sais pas si je te l'ai dit, mais la Baronne de Casteljarnac nous a quittés la semaine dernière. Malheureusement, avec ces grèves, on ne pourra pas aller à ses obsèques. C'est dommage...

Victor – Oui, les obsèques de son mari étaient très réussies...

Diane – On a beau dire, mais dans le grand monde, on sait encore enterrer nos morts en grande pompe.

Victor – C'est vrai. Je ne sais même pas pourquoi pour les pauvres gens on appelle toujours ça les pompes funèbres. Le plus souvent, il n'y a même pas une cérémonie à l'église...

Diane – À propos, il va falloir qu'on y aille.

Victor – Où ça ?

Diane – À la messe !

Victor – Ah oui, j'avais complètement oublié. Quand on est en vacances...

Diane – Puisque l'occasion se présente, une messe à Notre-Dame-de-la-Mer, on ne peut pas manquer ça...

Victor et Diane sortent.

Scène 2

Arrivent Sam et Fred.

Fred – Tu as vu ce ciel ! Ce bleu ! On dirait un Van Gogh !

Sam – Oui, si on enlève la piscine... c'est très pictural.

Fred – Tu savais que Vincent avait passé une semaine en Camargue ? En 1888, exactement.

Sam – Non, je ne savais pas...

Fred – Il a écrit de très belles lettres à son frère depuis les Saintes Maries de la Mer. Et il y a peint six tableaux... *(Un temps)* Et toi, qu'est-ce que tu lis ?

Sam – Mireille. Elle aussi, elle a fait un pèlerinage aux Saintes Maries de la Mer. Mais ça ne lui a pas réussi.

Fred – Mireille Mathieu ? Je crois qu'elle est d'Avignon. Elle a fait un pèlerinage aux Saintes Maries de la Mer ?

Sam – Mireille ! De Frédéric Mistral !

Fred – Ah oui... Et pourquoi ça ne lui a pas réussi ?

Sam – Elle en est morte.

Fred – Pour un pèlerinage, en effet... Ce n'est pas une bonne publicité.

Sam – C'est sûrement pour ça qu'il y a plus de pèlerins à Lourdes qu'aux Saintes Maries de la Mer...

Fred – D'un autre côté, ici... il y a la mer.

Sam observe les oiseaux à la jumelle.

Sam – Tous ces oiseaux, c'est vraiment magnifique...

Folco revient.

Folco – Mesdames...

Sam – Bonjour Monsieur, à voir votre plumage, j'imagine que vous êtes du coin, comme ces flamants roses ?

Folco – Oui, je suis né ici, Madame. Un des derniers à être né aux Saintes Maries de la Mer.

Fred – La natalité est en baisse ?

Folco – Non, mais il n'y a pas de maternité à 30 kilomètres à la ronde.

Fred – Je peux vous poser une question ?

Folco – Si vous y tenez absolument...

Fred – Je me suis toujours demandé pourquoi les flamants roses levaient une patte pour dormir...

Folco – Les spécialistes en ornithologie débattent depuis toujours là dessus. Mais la théorie la plus communément admise est que s'ils levaient les deux pattes, ils se casseraient la gueule...

Fred – Ah oui...

Sam *(en aparté à Fred)* – Ça doit être de l'humour camarguais... *(À Folco)* En tout cas, c'est vraiment plat, ce pays... C'est encore plus plat que la Hollande.

Fred – Oui... On peut dire qu'ici aussi, c'est le plat pays.

Folco – C'est sûrement pour ça que les Flamands viennent y passer l'été.

Un temps.

Fred – Ah, les Flamands... Je n'avais pas compris... Vous êtes un comique, dites-moi...

Sam – Je crois comprendre que vous élevez du bétail ?

Folco – Je n'élève pas de bétail, madame. J'élève des taureaux de combat et des chevaux camarguais.

Fred – On est contre la corrida, je vous préviens.

Sam – Et on ne mange pas de viande, non plus.

Folco – Mais vous avez un vélo électrique dont les piles sont fabriquées en Chine. Les chevaux que je monte, moi, ils sont élevés ici.

Fred – Mais les taureaux, vous les mangez.

Folco – Oui... Mais avant ça, ils passent toute leur vie en liberté. Pas dans les cages d'une usine à viande.

Sam – Certains finissent quand même dans l'arène.

Folco – En effet... Mais ici, c'est plutôt la course camarguaise. Et dans la course camarguaise, il n'y a pas de mise à mort. Nos taureaux ont des noms, ils vivent souvent très longtemps, en pleine nature. Quand ils meurent on les enterre debout, la tête face à la mer. Et aux meilleurs d'entre eux, il arrive même qu'on érige des statues...

Fred – C'est vrai... Il me semble avoir vu la statue d'un taureau, près des arènes.

Folco – Vovo.

Sam – Pardon...?

Folco – C'est le nom de ce taureau mythique... Vous en connaissez beaucoup, vous, des bœufs ou des porcs auxquels on érige des statues...

Fred – Non...

Folco – Alors vous voyez, madame, ici on respecte les animaux. Et je dirais même qu'on les vénère.

Folco repart.

Fred – J'ai oublié de lui demander pourquoi les flamants sont roses.

Sam – Tu as bien fait... Je crois qu'il était un peu... vénère. Bon, et si on allait faire un tour en vélo ? Tu viens ?

Fred – Oui... En même temps il n'a pas tort... C'est tellement plat ici... Je me demande si c'était nécessaire de louer des vélos électriques...

Scène 3

Arrive Marius, genre playboy. Les deux femmes semblent tout émoustillées.

Marius – Bonjour mesdames !

Sam – Bonjour jeune homme.

Marius – Je suis le frère de Fanny.

Fred – Ah oui ? Elle nous avait caché qu'elle avait un petit frère.

Marius – Je m'occupe des chevaux au mas d'à côté, avec mon père. Si un jour vous voulez faire une promenade...

Sam – Ah, oui, ça... Ça donne envie de faire du cheval...

Fred – Ça donnerait presque envie de faire le cheval...

Marius – Je vois que vous êtes photographe... Le cheval, vous savez, c'est le meilleur moyen d'approcher les oiseaux au plus près sans leur faire peur...

Sam – J'en suis convaincue. On passera vous voir sans faute, hein Fred ?

Fred – Avec plaisir...

Marius – Vous êtes déjà montées sur un cheval ?

Sam – Ma foi non... Habituellement, je suis contre l'exploitation animale, mais bon... Il ne faut pas être trop sectaire non plus...

Marius – Nos chevaux sont très bien traités, vous verrez.

Fred – J'en suis sûre.

Marius – Je peux aussi vous proposer une promenade en bateau, ou une initiation aux sports de glisse...

Sam – Les sports de glisse... Ah oui, ça... Ça pourrait nous intéresser aussi, hein Fred ?

Fred – Enfin, à condition de commencer doucement, parce que ça fait longtemps qu'on a pas eu l'occasion de pratiquer...

Sam – Vous, en revanche... C'est le sport et la vie au grand air qui vous donnent ce teint frais et cette allure athlétique.

Marius – Je suis aussi pompier volontaire.

Fred – Bien sûr...

Sam – Avec le physique que vous avez, vous pourriez même être mannequin, je vous assure...

Fred – Ou chanter dans un boys band camarguais.

Sam – Vous n'avez jamais pensé à faire du cinéma ?

Marius – À vrai dire, je me suis laissé convaincre par un ami de me présenter à l'élection de Mister Camargue.

Sam – Mister Camargue ?

Marius – C'est comme Miss Camargue, mais pour les hommes.

Fred – Évidemment...

Sam – Et c'est quand, cette élection ?

Marius – Samedi soir. Aux arènes.

Fred – Personnellement, je vous donnerais les deux oreilles et la queue...

Marius – Dans ce cas, vous n'avez qu'à venir ! Tout le monde peut voter, vous savez.

Sam – Habituellement, nous ne fréquentons pas les arènes...

Fred – Ni les concours de miss...

Sam – Mais après tout, pourquoi pas ?

Marius – Alors à très vite !

Marius sort.

Fred – C'est vrai qu'il a l'air de sortir d'un calendrier des pompiers, non ?

Sam – En tout cas, ça donne envie de voter pour lui...

Fred – Attends... on n'a pas encore vu les autres candidats.

Sam et Fred sortent.

Scène 4

Arrivent Patrick et Christelle, en tenue de plage. Folco revient.

Folco – Messieurs-dames... Vous avez passé une bonne journée ?

Patrick – On a voulu se baigner, mais alors l'eau était gelée !

Christelle – Vous êtes sûr que c'est la Méditerranée, ici...? L'eau est encore plus froide qu'en Bretagne !

Folco – C'est à cause du Mistral, qui repousse les eaux chaudes de surface vers le large.

Patrick – Et ça va durer longtemps, ce Mistral ?

Folco – Ça devrait se calmer dans la soirée.

Patrick – C'est vrai, on dirait que ça souffle déjà un peu moins fort.

Christelle – Oui, mais les moustiques sont revenus.

Patrick – Et la mairie, elle ne fait rien contre les moustiques ?

Folco – Ah si... On fait une campagne de traitement aérien tous les ans.

Christelle – Aérien ?

Folco – Par hélicoptère. On largue du napalm au-dessus des rizières. Sur de la musique de Wagner. Il faut voir ça au moins une fois dans sa vie, je vous assure. C'est vraiment spectaculaire.

Il sort. Patrick et Christelle échangent un regard interloqué.

Patrick – Tu savais qu'ils traitaient les moustiques au napalm, en Camargue ?

Christelle – Non...

Patrick – C'est sûrement pour ça qu'il n'y a pas grand chose qui pousse dans le coin.

Patrick et Christelle sortent.

Scène 5

Fanny revient avec Sara.

Fanny – C'est la cata... La chaudière vient de tomber en panne ! Il n'y a plus d'eau chaude dans tout l'hôtel.

Sara – Vous avez demandé à votre mari de jeter un œil ?

Fanny – Romain ? Avant d'être hôtelier, il travaillait au service des cartes grises à la préfecture de la Drôme. Même pour changer une ampoule, j'aurais peur qu'il s'électrocute...

Sara – Je ne sais pas moi... Vous n'avez pas un plombier ?

Fanny – Si, mais il est bloqué sur un chantier à Marseille. Vous n'en connaîtriez pas un, par hasard ?

Sara – J'ai un cousin qui est un peu bricoleur, je peux toujours lui demander de passer.

Fanny – OK.

Romain arrive.

Romain – Hélas, un malheur n'arrive jamais seul...

Fanny – Quoi encore...?

Sara – La station d'essence juste en face vient d'être réapprovisionnée.

Fanny – Plus d'eau chaude au robinet et du gasoil à la pompe... C'est les vases communicants ! Tous nos clients vont s'en aller ! Ils ne restaient que parce qu'ils n'avaient pas d'essence pour repartir...

Romain – Il faudrait trouver quelque chose pour leur donner envie de rester...

Fanny – En même temps, ce n'est pas les activités qui manquent, par ici.

Romain – Oui, mais avec ces grèves, les gens ne partent plus en vacances. Quand ces quelques naufragés de la route seront partis, l'hôtel sera vide...

Sara – Ouais... Il faudrait un miracle pour sauver la saison...

Fanny – Merci de vos encouragements... Vous avez une idée ?

Sara – Je pourrais mettre un cierge à l'église et demander l'aide de la Vierge Noire.

Romain – Merci, je me sens tout de suite plus rassuré.

Un temps.

Fanny – On pourrait organiser une soirée musicale. *(À Sara)* Vous ne connaîtriez pas des musiciens dans le coin ?

Sara – J'ai un cousin qui joue du flamenco, malheureusement il est bloqué à Marseille, lui aussi, comme votre plombier.

Fanny – Sur un chantier ?

Sara – Non... Aux Baumettes.

Fanny – Il chantait si mal que ça ?

Sara – C'est une histoire un peu compliquée...

Romain – Dans ce cas, à moins de réussir à le faire évader...

Noir.

Acte 4

Scène 1

Victor et Diane sont assis à une table. Ils prennent leur petit-déjeuner. Patrick et Christelle arrivent.

Patrick – Messieurs-dames... Bon appétit !

Victor – Merci, c'est très aimable à vous.

Diane – Vous avez bien dormi ?

Christelle – Ça va... En revanche, le réveil a été un peu difficile. Pas d'eau chaude ! C'est qu'il fait encore un peu frais le matin...

Diane – Ah, oui, nous non plus. On a dû prendre une douche froide. Il paraît que ça raffermit les vieilles peaux, mais bon...

Victor – Enfin, on va pouvoir repartir dans le Luberon. La station-service a été réapprovisionnée.

Patrick – Et nous, on va reprendre la route de l'Espagne.

Diane – Remarquez, ce n'est pas si mal, ici.

Patrick – Ouais... Je suis allé à la pêche hier, j'ai pris deux cabillauds. Je les ai donnés à la patronne... Qu'est-ce que je pourrais bien faire avec deux morues dans une chambre d'hôtel...

Victor – Vous êtes sûr que c'était des morues ? Les morues, c'est plutôt dans les mers du nord, non ? Je ne suis pas sûr qu'on en trouve en Méditerranée...

Diane – En même temps, l'eau était tellement gelée, hier. Ça ne m'étonnerait pas que des morues viennent passer leurs vacances ici...

Christelle – En tout cas, tu t'es fait un copain.

Patrick – Il habite Montreuil, lui aussi, à deux rues de chez nous. Il vient tous les ans ici en camping-car.

Christelle – Pendant ce temps-là, j'ai entretenu mon bronzage intégral. On vous a dit qu'il y avait une plage naturiste un peu plus loin ?

Diane – Une plage naturiste... Tiens donc...

Patrick – Si ça vous tente, demain, vous n'avez qu'à venir avec nous...

Victor – Je ne sais pas si... *(À Diane)* Qu'en pensez-vous ma chère ?

Diane, embarrassée, ne répond pas.

Christelle – C'est vrai que l'eau de la mer est encore plus froide que celle de la douche, mais bon... Il y avait des flamants roses dans les étangs, et des chevaux sur la plage. C'était magnifique.

Patrick – Et vous, vous avez fait quoi ?

Victor – Nous sommes allés au musée ornithologique.

Christelle – Un musée... ornithologique ? Et qu'est-ce qu'il y a là-dedans ?

Diane – Des oiseaux. Un parc ornithologique, quoi.

Patrick – Des oiseaux, ici, il y en a partout, non ? Il y en a même dans l'étang juste derrière la piscine. Pas la peine d'aller dans un musée pour les voir.

Diane – Oui, mais là on peut les approcher de plus près. Et puis il y a les noms de chaque oiseau sur des petites pancartes.

Christelle – Ils sont empaillés ?

Victor – Non, ils sont vivants ! Il y a des pancartes... en face de l'endroit où ils se trouvent.

Patrick – Ils sont dans des volières, alors ?

Diane – Ah non, ils sont en liberté.

Christelle – Mais alors si les oiseaux changent de place, ils ne sont plus en face de la pancarte.

Victor – Non, vous avez raison.

Patrick – Si ils sont pas enfermés, ils peuvent même sortir du musée, non ?

Diane – Oui, j'imagine.

Christelle – Drôle de musée... Vous imaginez le Musée du Louvre, avec la Joconde qui peut se faire la malle pour aller faire un tour dans Paname avec la Vénus de Milo ?

Patrick – On a fini la journée dans un restaurant de paella. Il y avait des Gitans qui jouaient du flamenco. C'était vraiment typique. Hein, Christelle ?

Christelle – Ouais. Avec un pichet de sangria pour faire glisser tout ça... On a passé une super soirée...

Patrick – On se demande pourquoi on fait autant de bornes pour aller en Espagne. Si en Camargue il y a des arènes et des taureaux, de la sangria et de la paella, du flamenco et des Gitans...

Christelle – Je ne savais pas qu'il y avait des Gitans en Camargue.

Scène 2

Folco arrive avec Fanny.

Patrick – Ah voilà Folco, il va pouvoir nous renseigner...

Christelle – Il connaît tout sur l'histoire de la Camargue. Il suffit de lui demander...

Patrick – Dites-moi, Folco, il y a beaucoup de Gitans par ici ?

Folco – Ça dépend des saisons. Les Gitans, c'est comme les flamants et les touristes. C'est des migrateurs, mais il y en a certains qui sont sédentarisés.

Fanny – La Camargue est une terre d'accueil, vous savez. Elle est profondément ancrée dans son histoire et ses traditions, mais elle est aussi ouverte sur la modernité et sur le monde.

Folco – Les Saintes Maries de la Mer, c'est la capitale de la Camargue... mais c'est aussi la capitale de tous ceux pour qui les frontières ne sont pas des barrières.

Fanny – Deux fois par an, tous les Gitans d'Europe se donnent rendez-vous ici pour vénérer leur Sainte Patronne, Sara, la Vierge Noire. C'est un événement à ne pas manquer, croyez-moi.

Christelle – Il faudra qu'on revienne, hein, Patrick ?

Diane – Oui, nous aussi... N'est-ce pas Victor ? Ça doit être très pittoresque...

Fanny – Je suis vraiment désolée pour l'eau chaude. La chaudière nous a lâchés, mais on va essayer de réparer ça au plus vite...

Arrive Sara avec Paco, genre beau ténébreux d'allure latine.

Sara – Voilà Paco, le cousin dont je vous ai parlé...

Fanny – Bonjour monsieur... Et donc... vous êtes plombier.

Paco – Entre autres choses, oui...

Sara – Paco se présente au concours Mister Camargue, samedi, aux arènes.

Fanny – Ah oui... Ça en revanche, ça ne m'étonne pas. Mais... vous n'avez pas apporté vos outils ?

Paco – Je travaille à l'oreille.

Fanny – À l'oreille ?

Sara – Il a un don pour ça... Rien qu'en écoutant le bruit que fait une voiture, il peut savoir d'où vient la panne. Pour les chaudières, ça doit être pareil...

Fanny – Bon, alors je vous laisse regarder ça... Enfin, écouter, plutôt...

Sara et Paco s'en vont. Romain arrive.

Romain – C'est qui, ce latin lover ?

Fanny – L'homme qui parle à l'oreille des chaudières...

Romain – Pardon ?

Fanny – C'est le cousin de Sara. Je t'expliquerai...

Romain – Il a plutôt l'air d'un chanteur de flamenco que d'un plombier chauffagiste, mais bon...

Patrick – C'était pas le type qui chantait dans ce restaurant hier soir ?

Christelle – Ah oui, peut-être...

Fanny – Alors ? Qu'est-ce que vous allez faire aujourd'hui ?

Victor – Nous allons commencer par faire nos bagages... Nos amis nous attendent pour le déjeuner à Lourmarin.

Romain – Vous nous quittez déjà ?

Diane – Hélas... Mais nous reviendrons, c'est promis.

Victor et Diane s'en vont. Sam et Fred arrivent.

Fanny – Et vous mesdames ? Vous allez rester quelques jours avec nous, j'espère ?

Sam – Ç'aurait été avec plaisir, mais nous devons reprendre le train demain à Arles pour rentrer à Paris...

Fanny est au bord des larmes.

Fanny – Alors tout le monde s'en va... C'est idiot, mais... vous êtes nos premiers clients, et je commençais déjà à m'attacher à vous...

Romain – Il va falloir t'habituer, ma chérie. On a ouvert un hôtel pas une maison de retraite. Si tu te mets à pleurer à chaque fois qu'un client s'en va...

Fred – Et puis on reviendra ! Hein, Sam ?

Sam – Bien sûr...

Fred – En attendant, on va essayer de profiter de cette dernière journée.

Sam – On a prévu une promenade à cheval, avec Marius.

Fred – Et ce soir, on va aux arènes pour participer à l'élection de Mister Camargue.

Fanny – Tiens donc... Et vous savez déjà à qui donner vos suffrages...

Sam – Votre frère est un très bel homme...

Paco et Sara reviennent.

Fred – Mais c'est vrai que celui-là n'est pas mal non plus...

Fanny *(apercevant Paco)* – Déjà ?

Sara – Je vous l'avais dit, il a un don... C'est de famille...

Romain – Et alors ?

Paco – Quand ça fait tac tac, c'est un problème électrique. Quand ça fait glou glou c'est un problème avec le circuit d'eau.

Fanny – Et là ?

Paco – Ça fait toc toc.

Romain – Et... c'est grave, docteur ?

Paco – Quand ça fait toc toc, en général, c'est le carburateur.

Romain – Le carburateur ? Je ne savais pas qu'il y avait un carburateur sur une chaudière à gaz...

Fanny – Mais vous allez pouvoir réparer ?

Paco – Ah, je ne fais pas les réparations sur les chaudières, moi. Mon rayon, c'est plutôt les voitures...

Sara – Les voitures d'occasion, surtout.

Fanny se laisse tomber sur une chaise.

Fanny – Ça fait des mois qu'on se prépare pour l'ouverture de cet hôtel... Et maintenant, c'est la chaudière qui nous lâche... Sans eau chaude, la saison est foutue ! Tous nos clients s'en vont... Où est-ce qu'on va trouver un plombier ?

Fanny se met à pleurer.

Christelle – Il ne faut pas pleurer comme ça, ma petite dame...

Fanny – Excusez-moi, c'est les nerfs...

Christelle – Vous avez un problème avec votre chaudière, c'est ça ?

Romain – Elle s'est arrêtée subitement hier soir à minuit...

Christelle – Mais enfin, Patrick, fais quelque chose !

Patrick – Bon, je vais jeter un coup œil...

Christelle – Mon mari est plombier chauffagiste.

Fanny – Non ? C'est le Bon Dieu qui vous envoie ! Je vais vous montrer où est la chaufferie...

Fanny et Romain partent avec Patrick et Christelle. Puis tout le monde sort.

Scène 3

Marius arrive. Il sort de sa poche une clef de voiture et appuie dessus pour déverrouiller les portes. On entend alors juste à côté le bruit d'une vieille voiture pétaradante qu'on essaie de démarrer sans succès. Marius regarde avec curiosité dans la direction de cette voiture. Une portière claque. Paco arrive. Marius et Paco se toisent du regard. Paco regarde dans la direction de la voiture de Marius.

Paco – C'est quoi, comme voiture ?

Marius – Mercedes.

Paco – Ah, ouais ? Comme il n'y a pas l'étoile...

Marius – On me l'a piquée. Au début je la faisais remettre. Et puis j'ai laissé tomber. On me la pique à chaque fois.

Paco – Cette idée de mettre des étoiles même sur les voitures... C'est bien un truc allemand.

Marius – Je me demande bien ce qu'ils en foutent.

Paco – De quoi ?

Marius – De mes étoiles ! Ils doivent en faire la collection...

Paco – D'un autre côté, il vaut mieux qu'ils vous piquent l'étoile, et qu'ils vous laissent la voiture. Moi, ma bagnole, elle n'avait pas d'étoile. Mais on me l'a volée quand même. Alors j'ai racheté celle-là. D'occase... *(Un temps)* Et vous en êtes content ?

Marius – C'est solide.

Paco – C'est pas très beau.

Marius – C'est allemand.

Paco – C'est une bonne marque.

Marius – C'est Mercedes.

Paco – Ouais.

Marius – On sait ce qu'on achète.

Paco – Et on sait ce qu'on a.

Marius – La qualité allemande, quoi. *(Un temps)* Et la vôtre, c'est quoi ?

Paco – Je n'ai jamais su.

Marius – Pardon ?

Paco – Le type à qui je l'ai achetée m'a dit que c'était une Renault. C'était pas marqué dessus. Mais au garage, ils m'ont dit que non.

Marius – Mais alors qu'est-ce que c'est ?

Paco – Ils ne savent pas.

Marius – Merde !

Paco – Sinon, elle marche bien. Une vidange de temps en temps. Heureusement, parce que pour les pièces détachées... Quand on ne connaît pas la marque...

Marius – Ah, ouais...

Paco – Ouais... C'est une voiture née de marque inconnue, quoi. On m'a dit qu'elle avait peut-être été fabriquée dans un pays de l'Est. Ou en Chine. Par un fabriquant qui aurait disparu depuis. Ou qui aurait changé de nom.

Marius – Mais qu'est-ce qui est marqué sur la carte grise ?

Paco – Je l'ai déclarée comme une Renault.

Marius – Fallait bien lui donner un nom...

Paco – Un état civil, comme qui dirait.

Marius – On donne bien un nom à un enfant abandonné dans la rue à sa naissance. Pourquoi pas à une voiture...?

Paco – Parce que sinon, elle est en règle, et tout. C'est une voiture, hein ! Enfin, ça roule quoi. C'est juste qu'elle est de marque inconnue.

Marius – Et elle date de quand ?

Paco – Ben, on ne sait pas trop non plus. Une trentaine d'années, peut-être. Avant la chute du mur, en tout cas.

Marius – Quel mur ?

Paco – Ben on ne sait pas, justement. Le mur de Berlin, peut-être. Ou la grande muraille de Chine. Allez savoir...

Marius – La grande muraille de Chine s'est écroulée ?

Paco – Faudrait faire une datation. Au carbone 14. Directement à la sortie du tuyau d'échappement.

Marius – Apparemment, elle n'a pas de pot catalytique...

Paco – Pas de ceintures de sécurité, non plus, vous pensez bien. Mais comme c'est considéré comme une voiture de collection, j'ai le droit de rouler avec quand même. Sinon, c'est une bonne voiture. Enfin en général, parce que là, elle ne veut pas démarrer...

Marius – Les voitures de collection, c'est toujours un peu capricieux... Et elle marche à quoi ? Quand elle marche...

Paco – Moi, j'y mets du fioul domestique, comme dans les chaudières. Mais peut-être que ça marcherait avec autre chose. Je n'ai jamais essayé.

Marius – Ah, oui...

Paco – Et la vôtre, vous êtes vraiment sûr que c'est une Mercedes ? *(L'autre le regarde un peu inquiet)* Non, je veux dire, comme il n'y a pas l'étoile...

Marius – Bon, il va falloir que j'y aille.

L'autre regarde le panneau sur lequel est indiqué le nom de l'hôtel.

Paco – Les Flamants Roses... C'est marrant comme nom pour un hôtel. C'est des Belges qui tiennent ça ?

Marius – Des Belges ?

Paco – Les Flamands, c'est bien des Belges, non ?

Marius – Ah, oui... Les Flamands...

Paco – Oui, mais pourquoi les Flamands Roses...

Marius *(ironique)* – C'est peut-être un hôtel belge... et gay friendly.

Paco – Ouais...

Marius – Les Belges aussi, c'est drôles d'oiseaux...

Paco – Des oiseaux migrateurs.

Marius – Mais eux, c'est en été qu'ils viennent migrer en Camargue.

Il s'apprête à partir.

Paco – Vous pouvez m'aider à la pousser ?

Marius – La pousser...?

Paco – Ma bagnole ! Elle ne veut pas démarrer...

Marius *(sans enthousiasme)* – OK...

Ils sortent.

Scène 4

Sam revient et observe les flamants à la jumelle. Arrive Fred. Puis Folco.

Fred – Ah, Folco... Justement, je voulais vous poser une question...

Folco – Oui...?

Fred – Vous savez pourquoi les flamants sont roses ?

Folco – Si c'est une blague, genre pourquoi les flamants dorment sur une seule patte, j'avoue ne pas la connaître, et je serais curieux de l'entendre.

Fred – Eh... non, ce n'est pas une blague.

Folco – D'accord, je me disais aussi...

Fred – Et alors ?

Folco – Alors les flamants sont roses parce qu'ils se nourrissent de petites crevettes qui contiennent un pigment rouge.

Fred – Ah oui...? Tu as entendu, Sam ? *(Mais Sam semble plutôt absorbée par son observation)* Alors c'est un peu comme nous quand on prend des pastilles de carotène pour avoir le teint rose.

Un temps.

Sam – C'est curieux, pourtant je n'ai rien fumé ce matin...

Fred – Quoi ?

Sam lui passe ses jumelles.

Sam – Regarde ! Tu ne remarques rien ?

Fred – Non...

Sam – Les flamants ! Ils sont bleus...

Fred – Ah, oui, dis donc... C'est vrai ! *(Elle passe les jumelles à Folco)* Vous les voyez bleus, vous aussi ?

Folco regarde avec les jumelles.

Folco – Oui...

Sam – On n'est quand même pas trois à être daltoniens.

Fred – Peut-être que les femelles sont roses et les mâles sont bleus.

Sam – Il doit y avoir une explication scientifique...

Folco – Ouais...

Fred – Peut-être qu'ils ont bouffé des crevettes bleues.

Sam – Mais ça n'expliquerait pas pourquoi les crevettes sont devenues bleues...

Folco – Ou alors c'est un miracle de la Vierge Noire.

Elles se tournent vers Folco.

Fred – La Vierge Noire ?

Folco – Sara. C'est la Sainte Patronne des Gitans.

Sam jette un regard à la une de la Provence.

Sam – Ah oui, regardez ! C'est dans La Provence... Des flamants bleus sont soudainement apparus aux Saintes Maries de la Mer ce week-end...

Folco prend le journal et parcourt l'article.

Folco – Ils disent que les curieux commencent à arriver de partout. *(Reposant le journal)* À ce rythme-là, dans trois jours, c'est Woodstock, ici...

Fred – Des flamants bleus... Ce n'est quand même pas une apparition de la Vierge...

Sam – Mais c'est tout de même très étonnant... Ça doit être le réchauffement climatique.

Fred – Ou alors c'est un coup monté...

Sam – Un coup monté ?

Fred – Des faux miracles pour attirer les touristes, ça c'est déjà vu, non ?

Sam – Tu crois que Bernadette Soubirous était en mission pour l'Office de Tourisme de Lourdes ?

Sam et Fred s'en vont. Folco sort aussi.

Scène 5

Patrick revient en même temps que Fanny et Romain.

Fanny – Vous allez pouvoir faire quelque chose ?

Patrick – C'est juste un fusible qui a sauté. Il faut dire que votre installation électrique n'est pas de la première jeunesse.

Romain – Et alors ?

Patrick – J'ai changé le fusible, et la chaudière s'est remise en route.

Fanny – C'est un miracle ! Je peux vous embrasser ?

Elle l'embrasse, pendant que Romain jette un regard au journal.

Romain – À propos de miracle, tu as vu le journal ?

Fanny – Si tu crois que j'ai le temps de lire le journal...

Romain – Tu devrais quand même y jeter un coup d'œil.

Il lui tend le journal, mais le téléphone sonne au même moment et elle décroche.

Fanny – Les flamants roses, j'écoute... Une réservation ? Mais bien sûr. Pour combien de personnes ? Huit ?

Patrick *(à Romain)* – On dirait que les affaires reprennent...

Noir.

Acte 5

Scène 1

Scène muette, dans une ambiance surréaliste. Musique de western genre « Il était une fois dans l'Ouest ». Arrive d'abord Marius, en tenue de cow-boy, et des pistolets à la ceinture. Entre Paco, dans une tenue similaire. Ils marchent tous les deux au ralenti avant de s'arrêter et de se faire face, comme pour un duel de western. Noir. La musique s'arrête. Deux coups de revolvers résonnent. Petit intermède musical dans le noir pendant que tous les personnages prennent place pour la scène finale.

Scène 2

La lumière revient sur une soirée d'adieux en présence de tous les personnages de la pièce. Un petit orchestre, composé en fonction des talents de chacun (ou éventuellement par des musiciens n'ayant pas tenu de rôles dans la pièce), joue un tango. À défaut, on pourra utiliser une bande son. Quelques couples dansent, mais ce ne sont pas les couples initiaux. Victor danse avec Christelle, et Patrick avec Diane, en jouant sur le contraste des classes d'origine. Patrick, notamment, empoigne Diane avec fermeté, ce qui n'a pas l'air de lui déplaire. Marius et Paco sont ceints tous les deux d'une écharpe de Mister Camargue. Fanny et Romain regardent les danseurs. À chaque dialogue, la musique baissera d'intensité.

Fanny – Finalement, ils sont tous restés...

Romain – Et la mayonnaise a l'air de prendre...

Fanny – C'est une bonne idée cette petite soirée, pour fêter ce début de saison un peu chaotique.

Romain – En attendant l'arrivée des nouveaux clients, qui accourent de partout pour admirer nos flamants bleus.

Fanny – On est déjà complet pour les trois prochaines semaines.

Romain – Encore un miracle qu'on peut attribuer à Sara...

Fanny – Oui... Mais laquelle faut-il remercier...?

Romain – Celle dont la statue repose dans la crypte de notre église, ou celle qu'on a embauchée comme réceptionniste ?

Ils échangent un petit signe amical avec Sara.

Fanny – Je propose qu'on rebaptise notre hôtel Les Flamants Bleus...

Romain – Au moins, ce sera le seul établissement à porter un nom pareil...

Le bal se poursuit.

Sam – Tu avais voté pour qui, toi ?

Fred – Pour Marius. Et toi ?

Sam – Finalement, j'ai voté pour Paco.

Fred – Pas étonnant qu'ils aient fini ex-aequo.

Sam – C'est vrai qu'il est canon aussi...

Fred – Mate-moi ce petit cul...

Sam – Je crois qu'on file un mauvais coton, là...

Fred – Oui...

Sam – C'est quoi l'équivalent de macho, pour une femme ?

Fred – Macha ?

Le bal se poursuit.

Diane – Mon Dieu Patrick, vous êtes un excellent danseur... Il y a longtemps que mon mari ne me fait plus danser comme ça... J'en ai la tête qui tourne...

Patrick – Il faudra qu'on remette ça l'année prochaine...

Victor fait danser Christelle avec beaucoup plus de retenue.

Victor – C'est vraiment pittoresque, cette petite sauterie improvisée. On devrait faire ça plus souvent.

Christelle – Venez prendre l'apéro chez nous, un de ces jours. Montreuil, ce n'est pas si loin que ça du seizième arrondissement. À vol d'oiseau...

Sam et Fred regardent les danseurs tout en sirotant un verre de rosé.

Sam – Il est définitivement infect ce rosé...

Fred – Ouais... mais c'est du bio.

Sam – Peu importe le pinard, pourvu qu'on ait l'ivresse.

Marius approche et s'adresse à Fred.

Marius – Vous dansez ?

Fred – J'aimerais beaucoup, mais je ne sais pas danser le tango.

Marius – Je vais vous apprendre, vous verrez c'est très facile. Vous n'aurez qu'à vous laisser guider.

Fred – Dans ce cas, je m'abandonne entièrement entre vos bras...

Marius et Fred vont danser, ainsi que Romain et Fanny, tandis que les deux autres couples reviennent s'asseoir. Paco s'approche de Sam.

Paco – M'accorderez cette danse ?

Sam – Attendez, je regarde sur mon carnet de bal... *(Elle fait mine de jeter un œil sur l'écran de son portable)* Oui, je crois que j'ai un créneau de libre.

Paco et Sam vont danser.

Victor – Ce sont les meilleures vacances qu'on ait passées depuis longtemps, n'est-ce pas, ma chère ?

Diane – C'est sûr qu'on se fait moins chier que dans le Luberon...

Victor – Surveillez quand même votre langage, Madame la Baronne. Je crois que nos nouveaux amis du 9-3 ont une mauvaise influence sur vous...

Ils rient. Folco approche.

Christelle – Finalement, la Camargue, c'est aussi bien que l'Espagne.

Patrick – Et c'est beaucoup moins loin.

Christelle – On reviendra l'année prochaine aux Saintes Maries de la Mer...

Folco – Vous y serez comme chez vous. En Camargue, on est fiers de nos flamants roses, mais même les flamants bleus sont les bienvenus pourvu qu'ils aiment notre région et qu'ils respectent nos traditions.

Sara retourne le panneau au-dessus du comptoir, et on voit apparaître sur l'autre face l'inscription « Les Flamants Bleus ».

La fête se poursuit.

Fondu au noir.

Fin.

Avril 2023